LEO, HANNA UND DIE WERBEHEXEN

Für Laurenz und Valentin

Leo, Hanna und die WERBEHEXEN

Karin Burger · May Aurin

MIDAS COLLECTION

Website zum Buch: www.werbehexen.de
E-Mail: post@werbehexen.de

FSC
www.fsc.org
MIX
Papier aus verantwortungsvollen Quellen
FSC® C012536

2. Auflage 2019
ISBN 978-3-03876-135-8

Illustrationen: May Aurin, Hamburg
Lektorat: Claudia Koch, Ilmenau
Layout: Ulrich Borstelmann, Dortmund
Druck & Bindung: Theiss GmbH

Bibliografische Information der Deutschen Bibliothek
Die Deutsche Bibliothek verzeichnet diese Publikation in der Deutschen Nationalbibliografie unter www.dnb.de.

Midas Verlag AG, Dunantstrasse 3, CH 8044 Zürich
kontakt@midas.ch, www.midas.ch, socialmedia: follow »midasverlag«

Inhaltsverzeichnis

Leo und sein Müsli-Star

»Wow! Was für ein cooles Tor! Hast du das gesehen, Hanna?«
»Jaaaa ... sei still, Leo!« Als ob mich Leos doofe Fußballsendung interessiert! Eigentlich weiß mein kleiner Bruder das ganz genau. Leo ist fünf – und ich bin schon neun. Und er nervt manchmal einfach ...!

Wenn Mama und Papa ausschlafen, dürfen wir sonntags so lange allein fernsehen. Leo hat sich auf dem Sofa in eine Decke gekuschelt und starrt auf den Fernseher. Gerade kommt seine Lieblingssendung – eine Fußball-Serie, voll langweilig. Ich male lieber ein Bild für Mama, bis meine Serie dran ist – eine mit Pferden. Bis dahin ist mein Bild vielleicht schon fertig.

»So was Blödes! Immer machen die Werbung, wenn es am spannendsten ist!«, ruft mein Bruder plötzlich viel zu laut. »Leo! Mann, bin ich erschrocken!« Ich werfe einen Stift nach ihm: »Sei nicht so laut – sonst wachen Mama und Papa auf! Dann ist sofort Schluss und ich kann nicht mehr Paulas Abenteuer sehen!«

Na toll! In der Küche faucht schon die Kaffeemaschine. »Siehste! Sag ich doch, Leo! So ein Mist. Jetzt ist Mama wach – und wir müssen bestimmt gleich ausschalten!« Sekunden später steckt Mama den Kopf durch die Tür und kommt dann lächelnd im Schlafanzug zu uns ins Wohnzimmer.

»Guten Morgen, meine Mäuse!«, sagt sie verschlafen und gähnt. Sie stellt ihre Tasse ab, wuschelt mir durch die Haare und lässt sich aufs Sofa plumpsen. Dann zieht sie Leo auf ihren Schoß und fängt an, ihn zu kitzeln. »Guten Morgen! Was gibt's denn zu schimpfen, mein kleiner Rohrspatz?«

Alles fit?
LEO
FÜR MAMA

Komisch. Leo ist eigentlich total kitzelig – aber heute merkt er es irgendwie gar nicht. Er starrt auf den Fernseher und bewegt sich nicht. Sogar Mamas Umarmung wehrt er ab: »Sei still, Mama! Hör auf und schau mal!«, ruft er aufgeregt. Ich sehe nichts Besonderes. Da läuft nur Werbung. Leo aber schaut einem Fußballer beim Müsli-Essen zu. … Ach so, jetzt kapiere ich es erst: Das ist sein Star, dieser Markus Meier – Leos großes Vorbild. Mir ist der egal – ich kann Fußball nur leiden, wenn ich selber spiele. Da male ich lieber weiter.

»Tooooor!« Der Typ im Fernsehen hat gerade ein Tor geschossen. Leo springt auf und ruft: »Mama, kaufst du mir das Schoko-Müsli?« Wie bitte? Hat Leo gerade »Müsli« gesagt? »Leo, spinnst du jetzt? Seit wann magst du Müsli? Das spuckst du doch sonst immer aus, weil es dir zu matschig ist!«

Doch Leo erklärt eifrig: »Nein! Du raffst aber auch gar nichts! Ich will doch Fußballer werden! Guck doch, da muss man so was essen. Das gibt Muckies! Dann bekommt man jeden Elfmeter ins Tor. Wie Markus Meier!«

Ich schaue zu Mama. »Der Kurze meint das wirklich ernst!« Mama grinst und schiebt Leo vom Schoß. Sie steht auf und räkelt sich. »Kommt, ihr beiden, macht den Fernseher aus. Wollen wir zusammen Brötchen holen? Wenn ihr wollt, kriegt jeder von euch beim Bäcker einen Kinder-Cappuccino!« Ach menno, jetzt verpasse ich meine Serie. Das ist voll ungerecht. Aber … die warme, aufgeschäumte Milch beim Bäcker ist auch lecker. Vor allem mit ganz viel Kakao oben drauf. Hmmmmmm … »Okay! Ich komme mit, Mama!« Ich schalte den Fernseher aus – auch wenn Leo protestiert.

Zehn Minuten später sitzen wir mit Mama in der Bäckerei an der Ecke. Auch Leo hat sich wieder eingekriegt. Er schlürft laut aus der Tasse, stellt sie klappernd ab und steckt seinen Zeigefinger genüsslich in den Schoko-Schaum. Wie der aussieht! Sein T-Shirt ist total vollgeschmiert und er hat einen Schoko-Bart. Ich muss grinsen.

Plötzlich platzt es aus ihm heraus. Er deutet auf ein Regal und ruft – schon wieder viel zu laut: »Mama! Schau mal da drüben! Da gibt es das Schoko-Müsli von Markus Meier – vorhin, vor dem super Elfmeter! Kaufst du mir das? Dann werde ich ein Fußballstar und schieße tausend Millionen Tore!« Was für ein Quatsch!

Mama beugt sich zu uns herüber, tut ganz geheimnisvoll und flüstert: »Sagt mal, ihr beiden, wisst ihr eigentlich, dass das alles fiese Werbe-Tricks sind?« Dabei schaut sie sich um, als hätte sie Angst vor ungebetenen Zuhörern. Wie meint sie das? Leo fragt neugierig: »Wer? Wie? Was?« Mama antwortet – inzwischen ganz ernst: »Die Leute, die sich Werbung ausdenken, stellen sich immer nur die eine Frage: ›Wie kriegen wir die Menschen dazu, das zu kaufen, was wir wollen?‹ Dafür denken sie sich lauter Tricks aus, damit wir Dinge tun, die wir eigentlich gar nicht vorhatten. Sie verdrehen uns den Kopf! Manche Tricks sind so geschickt, dass nicht nur wir Erwachsenen darauf hereinfallen, sondern sogar ihr Kinder.« Erschrocken reißt Leo die Augen auf.

Ich muss überlegen – irgendwie kommt mir das bekannt vor … Ah! Ich hab's! »Mensch, Mama! Das ist doch wie bei ›Hänsel und Gretel‹! Da werden die Kinder auch von der bösen Hexe ausgetrickst, damit sie machen, was sie will! Das Pfefferkuchen-Haus mit dem ganzen superleckeren Süßkram hat sie angelockt. Sonst wären die beiden doch niemals in das Hexenhaus gegangen!« Mama zieht erstaunt die Augenbrauen hoch: »Du hast völlig recht, Hanna!«

»Dann … dann … sind das bestimmt Werbehexen, die Leo mit dem Müsli austricksen wollen! Die haben das Bild von Leos Fußballer auf die Packung gehext. Und sie haben Markus Meier ins Fernsehen gelockt, damit die Kinder das Müsli haben wollen! Oder Mama?«, rufe ich. Vor Aufregung bekomme ich einen Schluckauf.

»Genau, meine Große. Und dabei mag Leo gar kein Müsli. Und gesund ist das hier auch nicht, weil viel zu viel Zucker drin ist. Markus Meier sollte sich schämen, dass er da mitmacht!«, schnaubt Mama. Jetzt ist sie richtig empört.

»Boah, ist das fies – der spinnt ja! Und das funktioniert sogar bei so kurzen Leuten wie Leo! Machen die das nur bei Müsli?«, frage ich aufgebracht. Leo ist beleidigt: »Blöde Kuh! Ich bin überhaupt nicht kurz!«

»Hört endlich auf zu streiten!«, schimpft Mama. Dann fährt sie sanfter fort: »Passt gut auf! Die Werbehexen verstecken sich überall und hinterlassen ihre Spuren. Sie tun alles, was in ihrer Macht steht, um uns hereinzulegen! Ihr müsst sehr aufmerksam sein, um nicht auf ihre Tricks hereinzufallen«, flüstert sie und schaut sich wieder vorsichtig um.

Ich bin sprachlos. Die Werbehexen sind echt krass – und ober-mega-fies! Aber nicht mit mir! Ich flüstere Leo ins Ohr: »Komm mit. Wollen doch mal sehen, ob wir nicht schlauer sind als diese Werbehexen. Wetten, dass wir ihre Tricks erkennen?« Leo nickt eifrig und ruft begeistert: »Au ja, dann sind wir die Werbe-Detektive!«

Ganz unauffällig schleichen wir zum Kühlregal. Meine Augen fliegen hastig über die vielen Packungen, Becher, Flaschen und Gläser. Da! Ich hab' echt was gefunden! »Leo, guck mal!«, flüstere ich aufgeregt und zeige auf den Erdbeerjoghurt mit einem Fußball-Logo auf dem Deckel. Aber Leo hat selbst auch schon was entdeckt. »Hanna, da, schau! Jetzt schau doch!« Er deutet auf eine quietschbunte Plastikflasche mit Kakao, auf der ein lustiger Hund zu sehen ist. »Spitze, Leo!«, lobe ich ihn.

Daneben liegt noch eine Packung mit Käse in Bärchen-Form. Leo strahlt. Wir rennen schnell zurück zu Mama.

Leo flüstert ihr ins Ohr: »Mama, sie sind überall. Wir haben sie gefunden! Die wollen uns mit den tollen Bildern anlocken, stimmt's? Das Essen sieht wie Spielzeug aus, sogar der eklige Käse! Und am Markus-Meier-Müsli hängt ein Schlüsselanhänger mit einem Fußball dran. Der ist aber doch nicht schlimm, oder?« Den möchte er schon sehr gerne haben.

Ich verkneife mir ein Grinsen. Leo versteht noch nicht, warum der Schlüsselanhänger auch irgendwie schlimm ist. Aber ich habe es begriffen! Wieso soll ich einen Anhänger mitbezahlen, wenn ich eigentlich nur ein Müsli kaufen will? »Mama! Du hast recht, das ist echt krass! Wenn man es weiß, findet man überall ihre Tricks und Spuren. Für wie doof halten die uns eigentlich?«, schimpfe ich aufgeregt.

Wieder schaut sich Mama um und flüstert: »Lasst uns jetzt lieber gehen, damit diese Hexen nicht merken, dass wir ihnen auf die Schliche gekommen sind.« Leo murmelt leise: »Vielleicht versteckt sich ja sogar gerade eine hinter dem Regal und schaut, ob sie schon wieder ein paar Kinder überlisten konnte!« Mama zwinkert mir zu: »Oh je! Das kann natürlich gut sein.« Leo nimmt ängstlich meine Hand und ich zwinkere zurück. Aber irgendwie fühle ich mich jetzt tatsächlich beobachtet. Komisch.

»Wollt ihr euch Brötchen fürs Frühstück aussuchen und die Getränke bezahlen? Dann kommt! Papa wundert sich bestimmt, wo wir so lange bleiben«, schlägt Mama vor.

Das muss sie uns nicht zwei Mal sagen.

Der Zigarettenzauber

»Juhuuu! Schaukel, ich komme!« Endlich sind wir am Spielplatz! Rumms – schon liegt mein Rucksack auf dem Boden. »Platz da, Hanna!« Ich schubse meine große Schwester zur Seite. »Erster!«, rufe ich stolz und strecke Hanna die Zunge raus. Sie blinzelt mich wütend an und reibt sich den Arm. Auch Mama schaut verärgert. Pah! Selber schuld, wenn Hanna so langsam ist. Mama hat uns gerade abgeholt – mich vom Kindergarten und Hanna von der Schule. Ständig zieht die mich auf, weil sie die Große ist und ich erst fünf. Sie behandelt mich wie ein Baby – gemein!

Mama und Hanna packen jetzt ein Picknick aus.
Glück gehabt! Sie haben den Schubser schon vergessen. Leider schaukeln schon zwei Kinder und alle Schaukeln sind besetzt. Ich schaue eine Weile zu. Och menno, ich will auch mal! Die beiden Jungs kenne ich vom Schulhof, sie sitzen eigentlich nur rum.
Zwischen ihren Fingern entdecke ich etwas Weißes: Sind das etwa …? … Tatsache! Die beiden tun so, als würden sie rauchen wie Erwachsene … sind das etwa Kaugummi-Zigaretten? Die kommen sich voll wichtig vor. Wie cool!

Der eine sagt »Ach was … Rauchen kann gar nicht so ungesund sein. Mein Papa raucht ja auch, und der ist richtig schlau. Sonst würde er so was nie machen!
Ich find' Rauchen super. Zu Fasching war ich Cowboy, und die Cowboys in den Western-Filmen rauchen auch. Sieht cool aus, oder?« Der andere Junge nickt.

Boah, so eine Zigarette hätte ich auch gern. Ich nehme allen meinen Mut zusammen: »Die sind voll cool! Kann ich auch eine …?« Der Größere schaut zuerst mich an, dann die Packung. »Komm schon, du hast doch so viele, bitte«, sage ich. »Okay, aber nur eine!«, brummelt der Junge, klopft eine aus der Packung und hält sie mir hin.

»Schau mal, Hanna!«, mit einer Zigarette im Mund kehre ich zur Bank zurück. Mama mustert mich verblüfft. Ich tue, als würde ich rauchen. Und den Spiel-Rauch blase ich in ihre Richtung. Cool. Jetzt will ich die Zigarette aber auch mal probieren. Schnell das Papier abreißen und in den Mund damit. Schmeckt gut, die Zigarette!

Mama flüstert mit ihrer Grusel-Stimme direkt in mein Ohr: »Mensch Leo! Merkst du nichts? Das waren sie wieder … die Werbehexen!« Was? Wieso? Ich betrachte die Zigarette genauer. »Warum Werbehexen? Ist doch voll klasse!? Und schmeckt super. Lass mich, Mama, du bist langweilig!«
Ich stopfe mir den klebrigen Rest in die Hosentasche. »Spielverderberin!«, knurre ich und renne zur Rutsche.
Hanna rückt näher zu Mama. »Hast du gesehen? Das ist ja noch viel fieser als beim Müsli!«, flüstert sie aufgeregt.

Mama nickt und fügt ernst hinzu: »Die Werbehexen haben von den Zigaretten-Firmen schon immer die gleiche, gemeine Aufgabe: Wie kriegen wir schon Kinder dazu, Zigaretten toll zu finden? Und weil Zigaretten für Kinder natürlich verboten sind, haben sie sich zusammen mit den Süßigkeiten-Leuten den Trick mit den Kaugummis ausgedacht. Schau mal …!«
Ich habe gelauscht und bin neugierig, was Mama da gefunden hat. Unauffällig schaue ich ihnen über die Schulter. Mama hebt mein Zigarettenpapier unter der Bank auf. »Krass!«, ruft Hanna. »Das Papier sieht ja genauso aus wie bei den echten Zigaretten von Onkel Rudi! Mit diesem gelben Filter und allem Pipapo!« Hanna ist ganz rot vor Aufregung. Mama nickt und bekommt ihre Sorgenfalte über der Nase. »Das sind wirklich besonders miese Tricks!«

Echt jetzt? Das ist wieder alles nur ein Trick von den Werbehexen? Die sind so gemein! Schnell versenke ich die klebrigen Kaugummireste aus meiner Hosentasche im Mülleimer. »So! Da habt ihr's, ihr blöden Hexen!« Wütend spucke ich hinterher. Mama lächelt mich stolz an, und das ist viel cooler als alle Zigaretten der Welt!

»Hanna, kommst du mit auf die Rutsche?«
Ich renne los, so schnell ich kann. Erster!

Die verhexten Sammelbilder

Ein paar Tage später kommt Mama abends in unser Zimmer. »Schau mal«, rufe ich ihr entgegen, »mir fehlen noch total viele Aufkleber!« Sie setzt sich zu mir aufs Bett und betrachtet mein Sammelheft. »Aber die Seite ... hier ... ähm, nein die hier, mit der Mannschaft von Markus Meier, die ist schon total schön. Max hat mir gestern auf dem Spielplatz nämlich das Heft und gleich ganz viele Aufkleber dazu geschenkt. Der hatte sie alle doppelt ... und noch viel mehr!«, erkläre ich ihr.

»Das ist aber nett von Max. Wo hat er denn das alles her?«, fragt Mama und ihre Falte über der Nase taucht wieder auf.
Wie? Was? Warum denn? Hab' ich was Falsches gesagt?

»Seine Mama geht jetzt nur noch zu dem Supermarkt an der Bushaltestelle. Max trägt ihr die Taschen heim, damit sie da einkauft und nicht mehr in dem Markt bei ihr an der Ecke. Machen wir das jetzt auch so, Mami? Bitte! Ich trage dir dann auch alles nach Hause! Ehrenwort!«, bettele ich Mama an.

Erstaunt reißt sie die Augen auf: »Wie bitte? Der freche Max trägt seiner Mutter die schweren Einkäufe die ganze lange Straße heim? Und das nur, damit sie in diesen Supermarkt geht?« Mama schaut mich total verblüfft an.

Hanna war hier
LEO

»Ja, Mama. Ist doch logisch. Pass auf: Der große Supermarkt ist viel besser als der kleine Laden an der Ecke, weil die nette Kassiererin uns jedes Mal ganz, ganz viele Aufkleber-Päckchen schenkt. Die Bildchen von den Fußballern und ihren Mannschaften sind doch was total Cooles!«, antworte ich. Und damit sie es auch wirklich versteht, erkläre ich es lieber ganz genau: »Wenn ich im Herbst ein Schulkind werde, kann ich auf dem Schulhof mit den anderen Kindern Bildchen tauschen. Das muss man so machen. Dann findet man schnell ganz viele Freunde!«

»Hm ..., ja ..., nein ... also, ... ich weiß nicht, Leo«, antwortet Mama ganz komisch. Sie sagt ganz lange nichts. Ich schaue sie besonders ernst an: »Ja, Mamilein? Sag doch bitte ›ja‹!« Ich kuschle mich ganz eng an sie. Das mag sie sehr, das weiß ich. Sie streichelt mich über den Kopf. Trotzdem hat sie noch immer ihre Falte über der Nase ... och menno ... warum kapiert sie nicht, wie wichtig das ist?

»Also, Leo, ... du bietest mir allen Ernstes an, mir beim Tragen der schweren Tüten zu helfen, damit ich ab jetzt auch nur noch in diesem Supermarkt einkaufe, so wie die Mutter von Max, ja? Damit du dein Sammelheft voll machen kannst?«, fragt Mama.

»Genau!«, strahle ich sie an. »Immer, wenn man zehn Euro ausgibt, bekommt man ein Paket mit zehn Aufklebern. Das hat mir Max erklärt. Die Glitzer-Aufkleber, die sind besonders selten und besonders wertvoll. Die brauche ich unbedingt!«

Mama schaut trotzdem ganz ernst, etwas stimmt nicht. Da flüstert sie auch schon: »Aber Leo ... merkst du denn nichts? Die Werbehexen haben uns dann total am Wickel mit ihren Sammelkärtchen ...!

Dann machen wir genau das, was sie wollen.« Au weia. Hanna kommt mir zu Hilfe: »Aber Bildchen sind doch gar nicht ungesund. Was soll denn daran schlimm sein?«, fragt sie. Genau! Einfach nur Bilder!

»An den Bildchen selbst ist nichts auszusetzen. Aber die Werbehexen benutzen euch doch, um uns Eltern in ein bestimmtes Geschäft zu locken. Wieder so ein Trick, auf den wir alle reinfallen sollen. Ich will aber nicht verhext werden!«, erklärt Mama.

Aber … das heißt ja … oh nein: »Dann darf ich mein Heft jetzt nicht mehr vollkleben?« Mama nimmt mich in den Arm und antwortet: »Doch, mein Schatz. Aber wir passen gut auf. Im Supermarkt kaufen wir nur das, was wir wirklich haben wollen – und keine Werbehexenangebote. Und wir gehen nur hin, wenn wir das ohnehin vorhatten.«

Na gut … okay, so kriege ich mein Sammelheft vielleicht doch noch voll.

»Meine schweren Taschen darfst du natürlich trotzdem für mich tragen«, lacht Mama und drückt mir einen Kuss auf die Nase.

Papa und das Hexennetz

Es schüttet wie aus Kübeln ... noch dazu am Sonntag! Leo und ich haben uns ein Drinnen-Spiel einfallen lassen. Mama hat mir versprochen, dass ich später noch an ihr Handy darf, wenn ich vorher was Schönes mit Leo spiele. Schön heißt bei Mama immer »ohne Bildschirm«. Na gut.

»Du, Papaaaa, hast du Leo gesehen? Wir spielen Verstecken ...«, flüstere ich Papa ins Ohr. Er sitzt an seinem Laptop im Arbeitszimmer. Er brummt, nickt ... und tippt einfach weiter. »Papaaaa ...?«

Endlich hebt er den Kopf und zwinkert mir zu: »Ich? Nö!« Er schielt grinsend rüber zum Vorhang. Unten schauen Leos knallrote Socken hervor.
Ich krabble leise auf allen Vieren über den Teppich, kitzle Leo an den Zehen und reiße den Vorhang zur Seite. »Hab' dich!«

Leo zieht einen Schmollmund: »Ich mach' nicht mehr mit! Immer findest du mich gleich! Hier drin gibt's keine schönen Verstecke!« Beleidigt verschränkt er die Arme und klettert auf Papas Schoß.
»Was machst du da, Papa?«, fragt er schniefend. »Ach nichts, ich lese nur meine E-Mails«, murmelt Papa abwesend.
»Ach menno. Immer E-Mails ... Können wir nicht was zusammen anschauen? Im Internet?«, fragt Leo und guckt dabei sehr wichtig.

Au ja. Gute Idee. Verstecken war eh langweilig. Manchmal sind kleine Brüder doch zu was gut! »Muss das sein?« Papa seufzt laut – dann lächelt er aber. »Was wollt ihr denn sehen?«

Ich umarme ihn von hinten: »Soll ich dir mal eine coole YouTuberin zeigen? Julie Bim – die gucken alle meine Freundinnen! Oder den süßen Sandro?« Papa runzelt die Stirn. »Na, ich weiß nicht. Leo, das ist wohl nichts für uns, oder?«

»Also ich will die Maus sehen … aus der Sendung mit der Maus. Die hat Mama sogar auf dem Handy!« »Gute Idee«, pflichtet ihm Papa bei. »Die erklären immer so spannende Sachen!« Aber auf Vorschulkram hab ich überhaupt keinen Bock. »Wir könnten auch auf die Seite von Antolin gehen«, schlage ich vor. »Da kann man ein lustiges Quiz zu Büchern beantworten, die man gelesen hat. Ich habe schon 13 gemacht. Soll ich's dir zeigen?« Leo verzieht seinen Mund. »Nur weil du schon lesen kannst – ich aber noch nicht, das ist gemein!«

Papa überlegt kurz. »Ich weiß was.« Er tippt bei YouTube »Disney« in das Suchfeld. Bunte Filme und Bilder tauchen auf. Leo freut sich: »Da ist Balu, der Bär! Aus dem Dschungelbuch! Den kenne ich!« Leo versucht, die Buchstaben zu entziffern: »D-I-S-N-E – den letzten kenn' ich nicht? Was steht da, Papa?«, fragt er.

Papa schmunzelt: »Ypsilon. Da steht Disney. Walt Disney war ein Amerikaner, der schon vor fast 100 Jahren die Micky Maus erfunden hat. Und Filme wie zum Beispiel das Dschungelbuch, die Eiskönigin und den König der Löwen. Vorschlag: Ich zeige euch mal seinen allerersten Film mit Micky Maus. Und dann dürft ihr euch jeder ein kurzes Filmchen aussuchen, ist das fair?«

Er tippt und klickt. Auf dem Bildschirm erscheint Micky … aber nur schwarzweiß und auch nicht so rund wie sonst. Bin mal gespannt, was das wird. Doch kaum hat Papa auf »Start« geklickt, verschwindet die Maus … Was ist denn das? Markus Meier? »Papa, keinen Fußball … wir wollten doch …« »Moment, geht ja gleich los«, antwortet Papa. »Die Werbung ist schnell vorbei, dann kommt Micky.« Leo ist ganz aus dem Häuschen.

Irgendwie finde ich das komisch – zuerst im Fernsehen, dann beim Bäcker, jetzt im Internet: »Papa, woher wissen die Werbehexen, dass Leo jetzt YouTube schauen will – und dass sie ihm Markus Meier mit seinem Müsli zeigen sollen?« Papa schaut etwas ratlos … »Werbehexen? Keine Ahnung … aber für die YouTube-Werbung bezahlen Firmen viel Geld. Schau – wir suchen vormittags am Wochenende einen Film von Micky … da ist doch wohl klar, dass irgendwo ein Kind in der Nähe ist, oder? Und an wen wollen die ihr Müsli verkaufen? – An Kinder!«

»Na, sucht ihr wieder die Werbehexen im Internet?«, fragt Mama. Ich hatte sie gar nicht kommen hören. »Los, macht die Kiste aus und kommt ein bisschen mit raus …« »Aber es regnet doch noch immer! Nein Mama, bitte …«

Auch Papa ist es draußen zu ungemütlich: »Muss das jetzt sein? Wir wollen doch gerade YouTube schauen …« Er klingt wie ein großes Kind und auch Mama muss lachen. »Na von mir aus, dann geh ich eben allein … aber erklärt Papa, wer die Werbehexen sind … versprochen?« Schon ist sie aus der Tür.

»Wie bitte? Du kennst die Werbehexen noch gar nicht?«, frage ich erstaunt und erzähle Papa alles, was Leo, Mama und ich beim Bäcker und auf dem Spielplatz entdeckt haben. Seine Augen werden immer größer.

»Oh, dann wollen wir mal dafür sorgen, dass sie uns auch im Internet nicht überlisten. Keine Macht den Hexen!« Papa startet noch ein Video, und als die nächste Werbung für Sonnencreme losgeht, klickt er schnell auf »Werbung überspringen«. »Sonnencreme kaufen wir, wenn wir welche brauchen, ja? Bestimmt nicht heute«, merkt Papa verschmitzt an und schaut aus dem Fenster. Es regnet noch immer in Strömen.

Nach Papas Uralt-Mausfilm klicken wir uns noch eine Weile durch die Filme – die Werbehexen lassen wir im Regen stehen.

Leo und die bunten Tuben

Ich stehe am Waschbecken auf meinem Hocker und quetsche auf der Zahnpasta-Tube herum. Och menno, da kommt nix mehr raus! »Mama, wir brauchen neue Kinder-Zahnpasta! Die hier ist leer! Sonst kann ich nicht in den Kindergarten!«

»Gib mal her, ich bekomme vielleicht noch etwas heraus.« Mama rollt die Tube langsam von unten nach oben auf und … »Wow! Du hast echt noch was rausgekriegt!« Es reicht gerade noch für ein letztes Putzen. »Gehen wir auf dem Weg tschum Kindergarten noch Tschahnpaschta kaufen?«, frage ich mit ordentlich Schaum im Mund. Mama lacht und nuschelt absichtlich: »Schischer. Du darfscht die Tschahnpaschta dieschmal schogar gantsch alleine kaufen, wenn du disch trauscht.« Cooooool! In Rekordzeit stehe ich fix und fertig vor der Tür. »Erster! Komm schon, Mama, nicht trödeln! Wir müssen los!«

Kurz darauf stehen wir vor einem langen Regal mit vielen bunten Zahnbürsten und Tuben. »Da gibt es ja total viele verschiedene! Die blaue kaufst du immer. Aber die daneben hat mein Freund Lukas, die finde ich viel schöner, weil da die Maus drauf ist … Ui, schau mal, die kleine Tube da vorne ist orange – ich mag Orange! Die daneben ist langweilig, einfach nur weiß mit gar nix drauf … nur Buchstaben. Dafür ist sie aber die größte! Wow, bei der anderen kriegt man sogar eine Glitzer-Zahnbürste dazu … Und bei der hier ist noch ein cooler Aufkleber dabei! Ach Mann, wie weiß man denn da, welche die richtige ist, Mama?«

ERANGEBOTE
KAUF
ZAHL 2
MAGIC
OLOUR

»Ja, so geht es mir auch oft! Wollen wir die Werbehexen mal so richtig ärgern?«, fragt Mama. Ah. Ich kapiere … genau … klar … auf jeden Fall! Mama deutet auf das Regal. »Was glaubst du, bei welchen Tuben uns die Hexen austricksen wollen?«, fragt sie. Ich betrachte alle Tuben noch einmal genauer. Welche sie wohl meint? Bestimmt die kleine mit dem tollen Aufkleber! Ich hole sie aus dem Regal und strecke sie Mama hin: »Die zum Beispiel?« »Genau!«, freut sich Mama. »Weißt du auch, warum?«

»Logo. Weil die kleiner als die anderen ist, aber eine Drei dransteht. Das sind drei Euro, oder? An der großen ohne das bunte Zeug steht nur eine Eins. Das ist weniger, stimmt's Mama?« Dabei finde ich gerade den Aufkleber so toll … »Aber Mama, dafür kriegen wir doch den super Aufkleber dazu. Das ist doch nett von den Hexen, oder nicht?«

»Eben nicht, Leo«, antwortet sie. »Wir wollen ja einfach nur eine Kinderzahncreme, keinen Aufkleber, oder? Und wir wollen nur für die Zahnpasta bezahlen, und nicht für bunte Bildchen, Glitzer-Zahnbürsten oder Aufkleber. Das könnte den Werbehexen so passen, was?« Sie zwinkert mir verschwörerisch zu. Uns tricksen die gemeinen Hexen nicht aus. Ich lege die kleine Tube zurück ins Regal und greife nach der großen Weißen. »Die ist für Kinder bis 6 Jahre. Ich bin 5. Das passt doch super!«

Mama nickt zufrieden. »Jetzt aber los, mein Kurzer. Sonst kommen wir noch zu spät zum Kindergarten!« »Ich bin nicht kurz!« Schnell wie der Blitz bin ich an der Kasse und lege die Tube aufs Band.

Die Tube fährt vor … und als sie bei der Verkäuferin ankommt, hat Mama die Kasse noch immer nicht erreicht.

»Das macht 1 Euro und 19 Cent, bitte«, sagt die Kassiererin und schaut mich erwartungsvoll an. Mir wird ganz heiß – ich hab' ja gar kein Geld! Wo ist denn …?
»Mamaaa, komm endlich!« Endlich erreicht Mama die Kasse und ist sogar ein bisschen außer Atem.
Ich muss wohl sehr schnell gewesen sein.

Sie drückt mir ein Zwei-Euro-Stück in die Hand und ich bezahle – ganz alleine. Mama schnappt sich das Wechselgeld. Jetzt aber los! »Komm schon Mama, nicht trödeln!« Lachend läuft sie hinter mir her – bis zum Kindergarten.

Oma und die verhexte 99

Freitagabend – Telefonzeit mit Mosel-Oma. Mamas Mama wohnt an der Mosel, deswegen nennen wir sie »Mosel-Oma«. Wenn Mama mit ihr telefoniert, sitzen wir dabei immer auf ihrem Schoß – ich auf dem linken Bein, Hanna auf dem rechten. Oma erzählt dann alles Mögliche – etwas Komisches von Opa oder von der schrulligen Nachbarin. Oder von Lumpi, ihrem alten Hund. Gerade heute Morgen hat Lumpi eine ganze Leberwurst vom Tisch geklaut. Hanna kichert und ich falle fast von Mamas Schoß, weil sie beim Lachen so wackelt. »Mensch Hanna, hör auf, ich kann nicht mehr.«

Schließlich wendet sich Mama an uns: »Wollen wir jetzt über euer Oma-Taschengeld sprechen, Kinder?« Au ja! Darauf freue ich mich immer sehr – das gibt's jede Woche, immer zum Schluss, wenn Mama und Oma fertig erzählt haben. Heute kann ich genau erklären, was ich mir kaufen möchte und wie viel es kostet. Denn das ist der Mosel-Oma total wichtig. »Ihr müsst euch ganz genau informieren«, sagt sie immer. »Für irgendeinen Quatsch bekommt ihr kein Geld!« Da ist sie voll streng.

»Wer möchte anfangen?«, fragt Oma. »Ichichichichichich!!!«, rufe ich ins Telefon. »Hey, du warst letzte Woche schon als Erster dran. Das ist unfair!«, meckert Hanna dazwischen. Mama rollt mit den Augen und seufzt. »Hanna hat recht, Leo.«
»Du darfst nächste Woche wieder anfangen, mein Kurzer«, entscheidet Oma. »Ich bin nicht kurz!« Mama schaut mich streng an und legt den Zeigefinger auf die Lippen. Oje, Alarmstufe Rot. Wenn Mama so guckt, muss ich still sein.

»… Mhmm, … ja genau, Oma. Die gibt's gerade an der Kasse vom Bio-Laden vorne an der Kreuzung. Die sind sooo hübsch – ganz in Rosa und aus geflochtenem Leder. Nur … leider kostet ein Freundschaftsbändchen 2 Euro und 50 Cent. Wenn ich eines für meine Freundin Lene und eines für mich kaufe, sind das zusammen 5 Euro. Das ist echt viel, ich weiß …«, seufzt Hanna. Was? Fünf ganze Euro? So viel kriegt sie nie von Oma!

Doch Oma antwortet: »Viel ist es, sicher … aber es gefällt mir, dass du auch an deine Freundin denkst, Hanna. Deshalb darfst du die Bändchen kaufen – ausnahmsweise auch mal für 5 Euro.« Oje, jetzt bleibt bestimmt nix mehr für mich übrig!

»So, und jetzt zu dir, Leo«, wendet sich Oma an mich »Was möchtest du dir denn diese Woche von deinem Oma-Taschengeld kaufen?« »Ähm … das war … ich wollte …«, stottere ich. Was wollte ich noch mal? Ach ja! »Ich wünsche mir eine ganz besondere Schokolade. Mit Knusperflocken drin. Und Bio … ja, Bio ist auch noch ganz viel drin!« Bio findet Oma immer gut.

»Und was soll diese ganz besondere Schokolade mit viel Bio drin kosten?«, fragt sie lachend. »Na ja, … also, … die ist so besonders, … die muss schon ein bisschen teurer sein als die anderen, …« Mama verkneift sich ein Grinsen. Ich gebe mir einen Ruck: »Also, sie kostet 3 Euro.« Puh, geschafft. Aus dem Telefon kommt: nix.

Oma überlegt … »Also Leo, das ist ganz schön viel Geld für eine Schokolade, findest du nicht?«, sagt sie endlich. Mist! Ich hab's ja gewusst. »Aber … weil ich Hanna heute sogar fünf Euro gebe, will ich mal nicht so sein. Du bekommst deine drei Euro, Leo. Du bist wie immer meine Bank. Zahlst du die Kinder bitte aus?«, bittet sie Mama.

Ich bin völlig überrascht. Mama muss lachen, so verdutzt gucke ich. »Oh, danke, danke, danke, danke, Oma!!! Du bist die beste Oma der Welt!«, rufe ich in ins Telefon … so laut, dass man es wohl fast bis an die Mosel hören kann.

Mama greift in den Geldbeutel und zieht acht Ein-Euro-Münzen heraus. Drei gibt sie mir, fünf bekommt Hanna. Wow! Wir schicken der Oma noch schnell ganz viele laute Schmatz-Küsschen ins Telefon und flitzen in unser Zimmer.

Später liege ich im Bett und starre an die Decke. Irgendwie kann ich nicht einschlafen. »Hanna? … Bist du noch wach?«, flüstere ich. Nur ein leises Schnarchen ist die Antwort … sie schläft schon. Ich bin aber so aufgeregt, dass mein Bauch kribbelt … schließlich dürfen wir morgen ganz alleine einkaufen – mit dem Taschengeld von der Mosel-Oma.

Am nächsten Morgen sind wir ganz zeitig wach. Blitzschnell stürmen wir in die Küche. Papa hat noch seinen Bademantel an und kocht Kaffee. Er zieht verblüfft die Augenbrauen hoch: »Schon fix und fertig angezogen? Freiwillig? Noch vor dem Frühstück?«

»Wir wollen los, Papa … zum Bio-Laden … gleich sofort und auf der Stelle!«, rufe ich. »Passt an der Ampel gut auf. Leo, … Hanna ist auf der Straße die Bestimmerin. Hör auf deine Schwester. Klar, Kurzer?« Ich bin nicht kurz … aber egal. Schnell noch ein Küsschen von Mama und schon sind wir aus der Tür.

Nur kurze Zeit später sind wir schon wieder zurück. »Das ging aber schnell! Ihr wart ja keine zehn Minuten weg. Habt ihr … Leo, was ist denn passiert?« Papa kniet sich zu mir und hebt mein Kinn hoch. Nein, ich will nicht schon wieder weinen. Zu spät … die Tränen kullern. »Ich hab' … meine drei Euro … aber die zwei Neuner nicht gesehen … keine Schoki …«, schniefe ich. Papa nimmt mich ganz fest in den Arm – ganz lange.

Hanna berichtet inzwischen: »Das war voll gemein!« Sie ist aber auch richtig aufgeregt. »Auf dem Preisschild von Leos Schokolade stand eine große 3. Und daneben – viel kleiner – noch eine 99. Die Schokolade kostet also 3 Euro 99 Cent – eigentlich fast 4 Euro. Das hat Leo nicht gesehen. Und ich auch nicht. Deswegen hat er sich für die Mosel-Oma nur die 3 Euro gemerkt. Und an der Kasse hatte er nicht genug Geld dabei. Erst dann haben wir bemerkt, dass bei fast allen Sachen noch ganz klein eine 99 daneben steht. Das ist obergemein, damit ist ja alles einen ganzen Euro teurer, als man denkt!«

»Ja, richtig«, bestätigt Mama und streichelt mir über den Kopf. Hanna antwortet: »Völlig klar, dass Leo sich betrogen fühlt! Diese scheußlichen Werbehexen! Die haben Leo mit dieser verhexten 99 voll reingelegt!«

»Das muss ich der Mosel-Oma erzählen. Die kennt die Werbehexen noch gar nicht … können wir noch mal anrufen?« Aber Oma ist nicht zu Hause … hoffentlich lässt sie sich nicht gerade beim Einkaufen verhexen!

»Vielleicht tröstet ja das hier für den Moment.« Papa kommt mit einer riesengroßen Schokoladentafel ins Zimmer. »Alle mitkommen!« Schwupps … liegen wir alle in Mamas und Papas Bett. Sogar angezogen. »Die haben wir uns jetzt verdient – wir lassen uns doch von den Werbehexen nicht das Wochenende verderben!«

JUTE
IDEE

Papa und die Baumarkt-Hexen

Heute holt mich Papa vom Tanzen ab. Wir unternehmen zu zweit was – ganz ohne Mama und Leo. Kaum hat Papa vor mir angehalten, springe ich auch schon auf den Beifahrersitz: »Hallo Papa! Und? Wohin fahren wir?«

Papa startet den Motor: »Hanna, Schätzchen, bitte schimpf jetzt nicht: Ich will mit dir in den Baumarkt. Mama möchte ein größeres Regal für das Arbeitszimmer. Und morgen wollten wir die Tischtennisplatte im Hof reparieren. Bei den Löchern in der Platte springt der Ball in alle Richtungen – zum Ausgleichen muss ich eine Spachtel und Zement besorgen. Am Sonntag ist doch das Eltern-Kinder-Turnier, da muss die Platte perfekt glatt sein.«

Wie – Baumarkt? Spachtel? Zement? »Echt jetzt? Das soll unser Papa-Tochter-Nachmittag sein?« Das ist jetzt nicht Papas Ernst!? Ich hatte mich doch schon so darauf gefreut.

»Maus, sei bitte nicht sauer«, bettelt Papa. »Du darfst auch so lange in der Zooabteilung die Hamster, Fische und Vögel beobachten. Oder du gehst zu den Bastelsachen und suchst dir dort was Schönes aus. Ich besorge nur schnell die paar Dinge und danach gehen wir Pommes oder

Eis essen.« Jetzt setzt Papa seinen Hundeblick ein. Da kann ich ihm einfach nicht lange böse sein …

»Okay«, seufze ich. »Aber … dann bekomme ich auch die Packung mit den bunten Flechtbändern. Da kann ich mir Freundschaftsbändchen flechten wie die anderen Mädchen in der Schule, okay?« Papa lächelt erleichtert und nickt. »Klingt fair, Hanna! Ich beeile mich – versprochen.«

Im Baumarkt gehen wir direkt in den Hobby-Bereich. »Bleib bitte hier in der Nähe, bis ich wiederkomme, ja, Hanna? Ich bin gleich wieder da«, sagt er mit seiner Sei-bloß-vorsichtig-Stimme. »Ist ja gut, Papa, ich geh' schon nicht verloren! Jetzt beeil dich!« Entschlossen schiebe ich ihn in Richtung Heimwerker-Abteilung.

Ich schaue mich ein bisschen um. Wow, was es hier alles gibt! Styroporkugeln, Glitzerstifte, Holzperlen, eine große Packung mit 200 bunten Schnüren … genau die Bändchen, die ich gesucht habe. Hui, ganz schön teuer … aber Papa lässt sich bestimmt überreden, weil er mich mit in den Baumarkt geschleppt hat. Und wo ist er jetzt?

Ich finde ihn ein paar Meter weiter vor einer Pyramide aus Bohrmaschinen. Darüber hängt ein gelbes Schild: SONDERANGEBOT: TOP-Bohrmaschine. 99,99. Und die Hundert davor ist rot durchgestrichen. Papa hat schon einen Karton in der Hand. Bohrmaschinen? Papa hatte nichts von einer neuen Bohrmaschine erzählt, die Tischtennisplatte hat doch schon Löcher … und 99,99 Euro? Das sind ja eigentlich 100 Euro! Auf den Werbehexen-Trick fallen wir nicht rein! Eigentlich wollte Papa doch nur Bretter, Zement und einen Spachtel kaufen. Schrauben oder Nägel könnte ich ja noch verstehen … für das Regal. Aber eine Bohrmaschine haben wir schon, das weiß ich ganz sicher.

»Mensch Papa, was machst'n du?«, rufe ich vorwurfsvoll.

TURBO
TOP BANG
KNALLER

Verdutzt schaut er mich an: »Hallo, meine große Maus! Wieso bist du denn schon hier? Wolltest du nicht nach den bunten Bändern suchen?« »Ach, die hab' ich doch schon längst gefunden. Schau!« Ich halte ihm eine große Packung mit wunderschönen Bändern zum Flechten unter die Nase.

»Aber du, Papa, du wolltest doch was ganz anderes kaufen, oder? Du hast versprochen, dass du nichts anderes kaufst als das, was wir für das Regal und die Tischtennisplatte brauchen! Sag mal: Kann es sein, dass du gerade auf die verhexte 99 reinfällst? Wie Leo letztens bei der Knusper-Schokolade von der Mosel-Oma? Glaubst du diesen Hexen wirklich, dass die Bohrmaschine nur heute so ›wenig‹ kostet? Und wenig ist das noch nicht mal – das sind 100 Euro, Papa!« Ich fasse es nicht! Sogar mein Papa fällt auf einen miesen Trick rein!

Papa überlegt kurz – dann schüttelt er langsam den Kopf und stellt die Bohrmaschine ordentlich zurück auf die Pyramide. Er legt mir den Arm um die Schultern – und wir schauen uns ernst an. Plötzlich schlägt er sich mit der flachen Hand gegen die Stirn und wir beide müssen prusten vor Lachen. »Danke, meine Große. Fast wäre ich dieses Mal den Baumarkt-Hexen auf den Leim gegangen, was? Dabei funktioniert unsere Bohrmaschine zu Hause immer noch supergut! Die Pyramide sah so toll aus und ich war wirklich kurz davor, eine davon mitzunehmen!« Er schüttelt schon wieder den Kopf. Ui, Papa ist sogar gerade ein bisschen rot geworden im Gesicht. Sonst werde nur ich immer rot, wenn mir was peinlich ist.

»Das kann ja jedem mal passieren! Papas sind halt auch nur Menschen!« Und schon müssen wir wieder lachen. Als ich ihm die Riesenpackung Bänder zeige, schaut er kurz auf … legt sie dann aber in den Wagen. Glück gehabt! »Danke! Zu Hause mache ich zuerst dir ein schönes Band, ja? Und dann erst für meine Freundinnen!«

Gemeinsam schieben wir den Wagen durch die Gänge und laden alles ein, was Papa braucht. Aber nur das, was er tatsächlich aufgeschrieben hat. Ich hake alles auf seinem Einkaufszettel ab. Keine Chance für die Baumarkt-Hexen. Sollen die sich mal schön ärgern …

An der Kasse zaubert Papa doch noch etwas auf das Band: zwei kleine Spachtel. »Damit ihr mir morgen helfen könnt, die Tischtennisplatte zu reparieren«, grinst Papa.

»Ach, mach das mal lieber mit dem Kurzen«, antworte ich. Schnell lege ich eine Spachtel wieder zurück. Sonst muss ich morgen am Ende auch noch helfen – und ich will doch ganz viele hübsche Freundschaftsbänder flechten.

Mama und die Fernseh-Hexen

»Kommt ihr? Das Picknick ist eröffnet!« Nix wie ab in die Küche. Heute gibt's Pizza und Gurken – mein absolutes Leibgericht. Mama sagt »Räuber-Essen« dazu, weil wir ausnahmsweise mit den Fingern essen dürfen.

»Wisst ihr, was Papa heute Nachmittag passiert ist?« Alle schauen mich neugierig an. Jetzt lass ich die Bombe platzen: »Fast hätte er eine zweite Bohrmaschine gekauft! Weil die Werbehexen ihn voll gemein reingelegt haben! Mit der verhexten 99 – wie neulich den Kurzen!« Gerade wollte sich Leo über ›den Kurzen‹ beschweren, als er sich vor Schreck verschluckt ... Limo spritzt über den ganzen Tisch. Mama schaut verdutzt zu Papa, der sich verschämt hinter einer Serviette versteckt. Plötzlich müssen wir alle lachen. »Schon verrückt, wie oft man von euren Werbehexen reingelegt wird«, grummelt Papa. »Na, so langsam kommen wir ihnen aber auf die Schliche ... und die verhexte 99 ist auch besonders fies«, tröstet sie Papa und lacht dabei.

Dingdong! Es klingelt an der Tür. Blitzschnell bin ich an der Sprechanlage. »Hallooooooo?« »krz ... krach ... Paket ... krz ... tröt ... Müller ...« »Ach warte, Hanna. Ich mach' auf. Das ist Frau Müller, unsere Nachbarin, sie bringt bestimmt mein Paket.« Mamas verstehen einfach alles.

Als sie zurückkommt, trägt sie einen sehr großen Karton vor sich her. Was da wohl drin sein mag? Der Karton ist riesig. Sie kann kaum drüberschauen. »Ich hol die Schere – bin sowieso satt«, ruft Leo. »Kein Wunder. Du hast ja auch vier Stück Pizza verdrückt«, lacht Papa! »Und eine ganze halbe Gurke!« Dass er immer noch so kurz ist, obwohl er so viel isst ... unglaublich!

»Mama, was ist denn da drin? Die Kiste ist ja riesengroß!«, will ich wissen. Leo hat eine gute Idee: »Mach den Karton nicht kaputt – daraus bau' ich mir ein Fußballtor!« Er gibt Mama die Schere.

Doch Mama wundert sich ebenfalls: »Ich weiß auch nicht, warum der Karton so groß ist. Ich habe uns nur ein kleines Radio für die Küche bestellt. So ein schönes Oma-Radio aus Holz. Habe ich neulich im Fernsehen gesehen. Und dazu gab es noch eine Saftpresse geschenkt. Praktisch und kostenlos. Klasse, oder?«

»Hm? Ja, prima ...« Ich stecke schon mit beiden Armen in den weißen Verpackungs-Chips. Die Kiste ist voll damit. Wo steckt das Radio nur? Ich muss wohl noch tiefer wühlen. Also los: Luft anhalten und abtauchen. Inzwischen sieht es aus, als hätte es im Zimmer geschneit. Aber kein Radio. Halt! Was war das? Das fühlt sich an wie ... ein Karton! Aber ein ganz kleiner. Darauf ein Bild von einem Radio – genau wie das von der Mosel-Oma, mit zwei großen Drehknöpfen und einem ovalen Lautsprecher in der Mitte. »Gefunden!« Mama nimmt mir den Karton ab.

»Kann ich damit auch meine Fußball-CDs hören?«, fragt Leo. Mama schüttelt den Kopf. »Nein, nur Radio. Glaub' ich.« Sie stellt das Radio neben die Pizza-Schachtel auf den Tisch. »Es ist viel mickriger, als es im Fernsehen aussah ... und so komisch leicht ... überhaupt nicht wie echtes Holz«, stellt sie enttäuscht fest. Papa schaut skeptisch. Da platzt es aus Leo heraus: »Das ist ein scheußliches Radio. Aus rotem Plastik und ohne CD-Schlitz.«

»Irgendwo muss noch ein Stromkabel dabei sein.« Ich wühle weiter im Styropor-Schnee. »Sonst kann man das Ding ja gar nicht einschalten.« Da ...! Jetzt vorsichtig das eine Ende in das Radio stecken, dann das andere in die Steckdose. Fertig. Ich drehe am rechten Knopf. Ich höre ... nichts. Mama dreht am linken Knopf ... nur ein kratziges Geräusch ist zu hören. Was ist denn jetzt los? Das muss doch irgendwie gehen?

»Ist das ein dreibeiniges Spinnen-Ufo?« Neugierig blicke ich auf. Papa hat die silberne Saftpresse ausgegraben. Jetzt steht er vor dem komischen Ding und kratzt sich am Kopf. Ich kichere: »Au ja, ich will Marsmännchen-Orangensaft machen. Komm Papa, wir versuchen es gleich mal!«

»Ich auch!« Leo rennt zum Obstkorb und bringt vier Orangen zurück. Papa schneidet eine in zwei Hälften, stellt dann ein Glas unter die Presse und drückt die Orangen-Hälfte auf den Ufo-Kopf: Kracks! Oh nein! Ein Ufo-Bein ist abgebrochen, das Glas fällt um und etwas Saft tropft über die Tischkante in den Verpackungs-Schnee. Was für eine Schweinerei …

»Stopp! Keiner bewegt sich – ich hole die Küchenrolle!«, ruft Mama. Sie kämpft sich fluchend durch das Gemisch aus Müll und Klebesaft auf dem Boden. Arme Mama. Ich würde ihr ja gerne helfen … aber dann klebe ich auch noch …

Ich drehe noch mal an den Radio-Knöpfen, aber außer einem Kratzen ist nichts zu hören. Papa klopft sogar auf dem Radio herum – nichts. »Das blöde Ding funktioniert nicht. Die haben dir da ziemlichen Ramsch angedreht!« Mama seufzt – und nickt. Plötzlich taucht ihre Falte über der Nase auf … das verheißt nichts Gutes.

»Wisst ihr was? Ich glaube, das waren die Werbehexen aus dem Fernsehen! Die haben Mama totalen Schrott verkauft. Das Radio ist voll hässlich und die silberne Saftpresse ist in echt aus Plastik!« Leo schaut uns der Reihe nach an. »Ich fürchte, du hast recht«, antwortet Mama.

»Oh, da bist du wohl selber reingefallen, was?« Papa rempelt Mama mit dem Ellbogen an und schnipst ihr einen Verpackungschip ans Ohr. Plötzlich tobt eine wilde Chips-Schneeballschlacht in der Küche. Die Eltern benehmen sich wie kleine Kinder … apropos … Wo ist denn Leo? Der lässt sich doch so was sonst nicht entgehen.

Ich finde ihn in seinem Zimmer … mit dem großen Verpackungskarton und der Schere. Sein Fußballtor ist schon fast fertig. Wenigstens er hat etwas Praktisches geschickt bekommen …

Der falsche Roboter

Wir sitzen Samstagmorgen beim Frühstück. »Ich bin bei meiner Freundin zum Geburtstag eingeladen – wir gehen zum Bowling … Mama kommt auch mit … aber du leider nicht, Kurzer.« Hanna zeigt mir eine lange Nase. Angeberin! Ich bin nicht kurz!

»Na und? Dafür gehe ich mit Papa aufs Volksfest! Ätsch!« So, das hat sie davon. »Das wird total cool, stimmt's Papa? Wir fahren Geisterbahn und Autoscooter und alles …. Und Papa schießt mir den Hauptgewinn – mit einem echten Gewehr!« Peng … peng … peng …

»Was gibt's denn zu gewinnen, falls Papa tatsächlich treffen sollte … so ganz aus Versehen?«, zwinkert mir Mama zu. Papa pikst ihr in die Seite. Mama quietscht und knufft zurück.

»Noah hat mir im Kindergarten erzählt, dass es da riesige Stofftiere gibt und super Spielsachen. Und man kann den silbernen Roboter gewinnen, den er zum Geburtstag bekommen hat. Ganz für umsonst! Der kann laufen, sprechen und blinken … so einen will ich auch!«

»Na ja«, sagt Mama und trinkt einen großen Schluck von ihrem Milchkaffee. Irgendwie klingt sie nicht überzeugt. Mir doch egal. Schnell wische ich mir mit dem Ärmel den Mund ab und ziehe Papa vom Stuhl. »Komm, wir beweisen Mama, dass du super schießen kannst!«

Im Bus zum Festplatz kribbelt mein Bauch vor Aufregung: »Gehen wir gleich zum Schießstand? Und dann zum Autoscooter und dann zur Geisterbahn? Und dann fahren wir Achterbahn und dann gehen wir noch mal an den Schießstand, …?« Papa lacht. »Und dann und dann … ? Langsam, langsam – erst mal bummeln wir ein bisschen. Dabei suchen wir aus, was wir machen wollen, sonst werden wir noch arm …«

»Okay, aber der Roboter muss sein … den schießt du mir, ja?« Papa lächelt: »Ich will's versuchen … aber versprechen kann ich nix … ich bin ja kein Sportschütze. Mal sehen, ob wir Glück haben.«

Eine halbe Stunde laufen wir gemütlich umher und schauen uns erst mal alles in Ruhe an. Es riecht gut – nach Zuckerwatte, gebrannten Mandeln und Würstchen. Jetzt weiß ich genau, was ich machen möchte. Und was nicht. »Ähm … Papa … das mit der Geisterbahn lassen wir lieber. Die Monster davor sind mir schon viel zu gruselig. Die drinnen sind sicher noch viel, viel schlimmer. Aber Autoscooter möchte ich fahren … mit dir zusammen. Und vielleicht Achterbahn? Dann gehen wir zur Schießbude … und wir kaufen die weltgrößte Tüte gebrannte Mandeln …«

Papa lacht und drückt mir drei Euro in die Hand. »Für den Autoscooter«, sagt er. »Dafür dürfen wir eine Runde fahren.«

Juhu! Schnell zur Kasse und ab in den blauen Glitzer-Wagen. Die Musik ist ganz schön laut. Ich lenke und wir fahren wild im Kreis und krachen in andere Autos – vor- und rückwärts. Plötzlich bleibt das Ding stehen. »Waaaas? Schon vorbei? Och menno … noch mal!« Papa schüttelt den Kopf. »Nein, Leo. Das war lustig, aber mir reicht es vorerst – mein Nacken tut schon weh. Komm, wir gehen weiter und finden etwas, das uns beiden Spaß macht. Okay? … Leo? Hey, lauf nicht weg!«

Ich habe den Schießstand entdeckt. »Komm, Papa! Hier kannst du für mich schießen! Schau mal, da ganz oben, da stehen die Hauptgewinne. Ohhh – die riesengroßen Hunde. Und siehst du die grünen Glitzer-Kisten daneben? Da stehen die Roboter!«

Papa gibt mir fünf Euro. Auf Zehenspitzen halte ich dem Verkäufer den Schein hin. Er zählt mir zehn Plastikmünzen ab. »Dafür darf man zehnmal auf die Papier-Kreise an der Wand da schießen, hat der Mann gesagt. Du musst nur fünfmal genau in die Mitte treffen, schon kriegen wir den Hauptgewinn!«, erkläre ich.

Papa bekommt ein richtig echtes Schießgewehr aus Holz. Er beugt sich nach vorne, stützt beide Ellenbogen ab, zielt und … Peng! Mist. Daneben. »Mach weiter, Papa! Eins – zwei – drei – schieß!«, feuere ich ihn an. Es gehen noch vier Schüsse daneben. »Macht nix, Papa. Das war nur zur Übung. Guter Versuch – das sagst du beim Torschießen auch immer zu mir, wenn ich nicht treffe. Und jetzt … einfach fünfmal in die Mitte!«

Papa schaut unsicher, nickt aber. Er konzentriert sich und ist dabei ganz still. Jetzt bloß keinen Mucks machen. Ich halte die Luft an. Dieses Mal bleibt er stehen, hält das Gewehr mit beiden Armen und kneift ein Auge zusammen. Er zielt und … Peng! »Jaaaaaa! Volltreffer! Weiter so, Papa!«, juble ich. Papa lädt, zielt auf eine neue Papier-Zielscheibe und … trifft ein zweites Mal! Und dann noch mal … und wieder … ! »Jippie!«, schreie ich wie verrückt. Omannomannomann! Das ist so was von cool! Papa lacht. Ich werfe mich in seine Arme und er wirbelt mich im Kreis herum.

»Mein Papa ist der beste Schießer von allen – fünfmal in die Mitte!« Der Mann holt einen der glitzernden Kartons vom obersten Regal. »Hier Kurzer. Glückwunsch!« Jetzt sagt der auch schon Kurzer zu mir … aber egal. Der Karton glitzert, ist riesig und noch viel schöner, als ich dachte. »Papa, das ist genau der Roboter, den Noah hat! Darf ich ihn jetzt gleich auspacken?«

Papa schüttelt den Kopf. »Nein, Leo, warte bis zu Hause – wir nehmen gebrannte Mandeln mit und packen dann ganz in Ruhe aus.« »Aber ich darf ihn tragen, ja? Ganz alleine!« »Du siehst aus wie ein Karton auf zwei Beinen …«, lacht Papa. Die Busfahrt nach Hause scheint ewig zu dauern – dann sind wir endlich da. Ich stopfe mir eine große Hand voll Mandeln in den Mund, schleppe den Karton ins Kinderzimmer und reiße ihn auf. Bald fliegen überall Pappfetzen am Boden herum. Das blöde Ding geht nicht aus der Schachtel raus. »Hilf't du mir, Papa? Daf find nämlif eine Million Drähte! Fonft krieg if den Roboter nift auf dem Karton!« Papa fummelt an den Drähten herum und flucht … menno! Das dauert …

Endlich hat er es geschafft und stellt den Roboter auf meinen Bastel-Tisch. Aber … »Papa! Der Roboter sieht ohne Verpackung viel kleiner aus als der von Noah. Und er ist viel leichter irgendwie …?« Ach, egal. Hauptsache, er blinkt, kann laufen und sprechen. Also … wo ist der Schalter? Ah, da … ich drücke drauf … nichts passiert.

»Wieso geht der nicht?« Papa nickt und runzelt die Stirn. »Da fehlen die Batterien. Ich habe noch welche in der Küchenschublade. Holst du sie?«

Na logo! Ich flitze los und hole gleich noch einen Schraubenzieher. Aufschrauben, Batterien rein, zuschrauben, fertig. Ich drücke noch mal auf den roten Startknopf. Ha! Es funktioniert!

Der Roboter geht zwei Schritte vorwärts, die Augen blinken rot, er rauscht, bleibt stehen, wackelt, versucht noch einen Schritt, blinkt noch zwei Mal und fällt auf den ausgestreckten Arm. Kracks! Der Arm bricht ab und der Roboter macht keinen Mucks mehr.

»Oh nein!«, rufe ich. »Nein, nein, nein, das darf nicht sein!« Ich drücke ihn an meine Brust. Bitte, bitte nicht kaputt sein!

Ich setze mich auf den Boden, mitten in das Durcheinander. Mein Gesicht wird ganz heiß. Papa legt mir den Arm um die Schultern und ich kann die Tränen nicht mehr halten … Plötzlich surrt und quietscht der Roboter laut, wackelt mit seinem Arm und seine Augen leuchten ganz gruselig rot! »Ah! Weg mit dir!« Erschrocken lasse ich den Roboter fallen. »Mann, bin ich erschrocken! Blödes Ding!«

»Was ist denn hier los? Ich dachte, ihr macht euch einen lustigen Jungs-Tag?« Hanna lehnt in der Kinderzimmertür. Mama und Hanna sind wieder da! Weinend werfe ich mich in Mamas Arme – einfach nur drücken … das hilft. »Der Papa war der beste Schießer! Wir haben den Hauptgewinn bekommen. Den Roboter! Und dann haben wir nicht mal eine Minute damit gespielt, da war er schon kaputt. Das ist so gemein!«, schluchze ich.

Hanna hebt den Roboter vom Boden auf und betrachtet ihn genau. »Der ist jedenfalls Schrott – Plastikschrott.« Sie schaut Mama ratlos an. »Waren das auch wieder die Werbehexen? Immerhin haben die Leo vorgegaukelt, dass er einen tollen Roboter bekommt … und der hier ist gar nicht toll.« Mama überlegt. »Na ja, irgendwie schon. Betrug ist das allemal, finde ich. Der Budenbesitzer hat billige Plastik-Spielsachen als Preise eingekauft, die aussehen wie die echten. Und die Besucher vom Jahrmarkt fallen darauf rein.«

»Armer Leo«, tröstet mich Hanna. »Da kannst du echt nix dafür. Das ist meiner Freundin Anna letztens auch passiert, und die ist schon in der vierten Klasse. Auf unserer Lieblingszeitschrift war eine goldene Trick-Kamera als Geschenk drauf. Anna hat ihr ganzes Taschengeld dafür ausgegeben, aber die Kamera war nach fünf Minuten kaputt. Auch Plastikschrott!«

Ich starre den Roboter an. Blöder Plastikschrott ist das also. Das ist so gemein! Der sah so echt aus … wie der von Noah. Wo ist der Schraubenzieher? Raus mit den Batterien. »Die nehme ich lieber für mein Rennauto«, erkläre ich schniefend. Hanna nimmt mich in den Arm: »Hey, sei nicht traurig. Wollen wir jetzt ›Mensch ärgere Dich nicht‹ spielen?« Ich weiß nicht. Na ja. Da kann wenigstens nichts kaputtgehen. »Okay, aber ich nehme Blau!«

»Weißt du was?«, schlägt Papa vor. »Wünsch dir doch zum Geburtstag einen richtigen Roboter-Elektro-Bausatz. Den bauen wir beide dann zusammen. Und der geht bestimmt nicht so schnell kaputt. Wie findest du die Idee?«
»Au ja. Aber … ist das noch lang?«

Papa lacht. »Na ja. Noch vier Monate. Ein bisschen musst du schon noch warten. Aber jetzt würfle lieber mal.« Gut schütteln, werfen, … »Jippieh! Ein Sechser!« Ich darf gleich noch mal … »Hey, noch ein Sechser – ich gewinne …!«

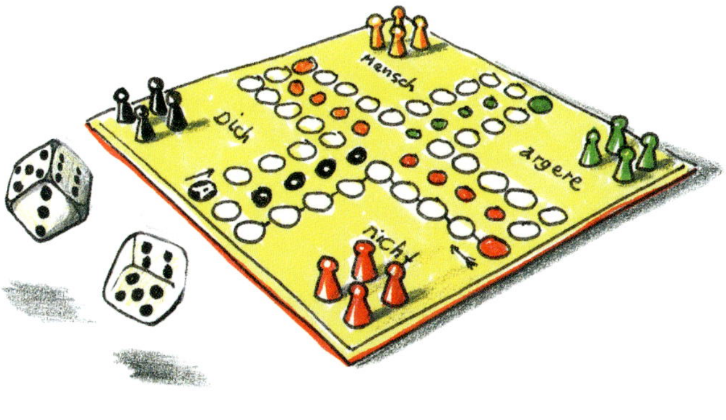

Opa und die Spiele-Hexen

»Alle haben ein eigenes Handy, und wer hat keins? – Ich! Alle haben ein Tablet, nur ich nicht ...!« Rumms! Der Ranzen fliegt in die Ecke. Schuhe und Jacke kicke ich hinterher. Mama steht im Flur und runzelt die Stirn. Mir doch egal. Ich bin sauer! Das kann sie ruhig sehen ...

Leo lugt vorsichtig aus dem Kinderzimmer: »Hallo Hanna! Wir haben doch auch ein Handy. Und ein Tablett haben wir auch!« Ich starre ihn an. Der kapiert mal wieder gar nix! »Du hast doch keine Ahnung, du doofer Pupsi!« Leo zieht sich erschrocken zurück ... vermutlich wünscht er sich, ich hätte ihn nur »Kurzer« genannt.

»Komm mal her, du kleine Zorn-Fee. Warum bist du denn so sauer?« Ich winde mich aus Mamas Armen: »Na weil ihr mir alles verbietet, was Spaß macht. Alles!« Mama wird jetzt ernst. »Was meinst du denn mit ›alles‹?«

»Na, einfach alles ... na gut, ... fast ... aber alles, was mit Handys und Tablets zu tun hat ...«

Mama zieht sich die Schuhe an: »Lass uns bitte morgen in Ruhe darüber sprechen, ja? Gleich kommt Opa und passt auf euch auf, ich treffe mich mit Papa zum Sport und danach gehen wir in die Sauna. Okay, Mäuse?«

Schon klingelt es an der Tür. Oh nein, nicht auch noch Opa … lasst mich doch alle in Ruhe! Ich schließe mich im Badezimmer ein. Von dort höre ich, wie Mama Opa hereinlässt. »Spaghetti stehen in der Küche, ja? Und geht nicht zu spät ins Bett. Tschüss, ihr drei!«, ruft sie noch. Die Tür fällt ins Schloss und weg ist sie.

»Grüß dich, schön dich zu sehen«, begrüßt Opa Leo. »Alles klar bei euch? Wo ist denn Hanna?« »Ach, die hat sich im Bad verbarrikadiert und schmollt«, antwortet er. Blöde Petze!

Plötzlich krächzt es vor der Tür: »Na, wo hat sich denn meine große Hanna versteckt? Wie schade, dass sie nicht da ist. Da kann sie ja gar nicht sehen, was ich dabei habe … « Opa klingt wie ein alter Zauberer. Was hat er gesagt? Er hat was mitgebracht?

Neugierig öffne ich die Tür und werfe mich in Opas Arme. »Hast du etwa geweint, meine große Hanna?« Ich nicke und erkläre ihm, warum.

Opa hört sich alles geduldig an. »Was meint ihr? Wollen wir es uns zusammen auf dem Sofa gemütlich machen und ausprobieren, was man auf einem Tablet alles spielen kann?« Ich reiße erstaunt die Augen auf: »Du hast ein Tablet, obwohl du schon so alt bist?« Wow! Ich hätte nie gedacht, dass Opa so modern ist.

Schnell haben wir ein Spiel gefunden. Man muss eine Kugel durch ein Labyrinth rollen lassen und aufpassen, dass sie nicht in die Löcher fällt. »Das kenn' ich! So ein Spiel hat die Mama aus echtem Holz!« Ein bisschen muss ich rumprobieren, dann hab' ich es raus. Das macht voll Spaß. Und wie echt das aussieht! Opa und

Leo schauen eine Weile zu. Doch dann … »Hanna spielt jetzt aber schon voll lange, Opa. Ich will auch mal dran sein!«, nörgelt Leo. War ja wieder klar …

»Stimmt, Hanna. Lass ihn auch mal ran, okay?«, lenkt Opa ein. Er legt Leo das Tablet feierlich auf den Schoß. Der hat ganz rote Ohren vor Aufregung.

Die Kugeln plumpsen ihm immer in die Löcher und er verliert schnell die Lust. »Können wir nicht was anderes spielen, Opa?« Nach ein paar Minuten findet Opa ein Puzzle-Spiel. Das erste mit einem süßen strubbeligen Hund hat acht Teile. Leo hat das superschnell fertig. »Das war babyleicht. Ich will ein anderes machen – das mit dem roten Auto«, murrt er. »Das hat 32 Teile … aber wenn's zu schwer wird, helfen wir dir …« Doch auch hier hat er schnell alle passenden Teile gefunden. »Kurzer, du bist echt gut!« – Er grinst: »Aber ich bin nicht kurz …!«

»Noch eins, Opa! Lass mich noch eins machen, bitte!«, bettelt Leo. Opa lacht und nickt. Leo tippt auf ein Puzzle mit einer schönen alten Lokomotive. Nichts. Kein Puzzle-Fenster ploppt auf. Was ist denn jetzt los? Ist das Tablet kaputt? Leo probiert es mit dem Flugzeug-Puzzle daneben. Wieder nichts.

Plötzlich tauchen auf allen Bildern außer den ersten beiden rote Schlösser mit Schlüsseln auf. »Opa, schau mal, hab' ich das Internet kaputt gemacht? Haben die das abgeschlossen?«, wundert sich Leo.

Aber Opa erklärt: »Da steht auf Englisch, dass wir für alle anderen Puzzles 2,99 Euro bezahlen sollen … mit der Kreditkarte … das ist Betrug! Erst soll es kostenlos sein und jetzt das …«

Was? Ach! Erst tun sie so, als wären die Spiele ein Geschenk, und wenn man dann richtig damit spielen will, kostet es plötzlich Geld? Das klingt ja voll nach …

»Leo, merkst du was? Das gibt's ja nicht! Da stecken schon wieder die Werbehexen dahinter. Die Internet-Hexen. Die können auch den Trick mit der verhexten 99! Die haben wirklich überall ihre Finger im Spiel. Sogar in den Spielen drin!« Ich werde richtig wütend.

Opa wundert sich: »Die was? Die Werbehexen?« Er zieht erstaunt die Augenbrauen hoch. Hat Opa etwa noch nie von denen gehört? »Du kennst die Werbehexen nicht? Mama hat uns erklärt, warum die so gemein sind.« Und dann erzähle ich ihm alles, was wir inzwischen über die Werbehexen herausgefunden haben. »Was ihr alles so wisst!«, staunt er.

»Puzzles sind doch aber gut, oder?«, fragt Leo leise. »Hier sind die Werbehexen zwar frech, aber beim Puzzle ist es doch nicht so schlimm, oder?« Oje, er ist ganz schön durcheinander, glaube ich. »Hast du denn eine Kreditkarte, Opa?«, fragt er. »Dann könnten wir jetzt weiterpuzzeln, bis das Essen fertig ist.«

»Ich möchte auch noch weiterspielen, Opa! Und Puzzles findet sogar die Mama gut!« Opa überlegt kurz, seufzt und nickt dann. Plötzlich fällt mir etwas ein: »Opa, woher wissen wir denn, dass wir nicht gleich noch mal bezahlen müssen, sondern dass wir dann wirklich spielen können?« »Warte Hanna, ich lese mal kurz, was die anderen Leute im Internet darüber so schreiben.« Opa überfliegt eine Seite mit vielen gelben Sternchen, auf der andere Nutzer das Spiel bewerten. »Ganz viele Leute sind begeistert von dem Spiel und wenn man bezahlt, dann hat man 500 Puzzles. Da ist keiner dabei, der reingelegt wurde. Das klingt fair!«

Opa denkt nach, dann nickt er: »Wisst ihr, bei diesem Puzzle finde ich das jetzt wirklich okay. Aber ihr müsst mir versprechen, dass ihr in Zukunft sehr genau aufpasst, wenn wieder so ein Fenster aufgeht!« Opa tippt viele Zahlen in das blinkende Fenster. Dann ist es verschwunden.

»Schau mal, wie cool! Jetzt haben wir ganz viele Puzzles in deinem Tablett drin. Da steht fünf – null – null. Wie viel ist das noch mal?«, fragt Leo.

»Wow! Das sind jetzt 500 Puzzle-Bilder! Und man kann bei allen auch noch die Anzahl der Puzzleteile festlegen. Von acht bis 120!« »Mensch, Opa, Werbehexen hin oder her. Wenn wir 500 Puzzle-Schachteln transportieren müssten, bräuchten wir einen riesengroßen Lastwagen, stimmt's? Und der wäre viel teurer! Und ein neues Haus dazu!«

Opa lacht und stupst mich auf die Nase. »Los ihr kleinen Hexen-Experten, wollen wir mal schauen, was es Gutes zu essen gibt? Ich hab' Hunger wie ein Löwe!« »Au ja … Spaghettiiiiiiiiii………………!«

Hanna entdeckt die Werbefeen

Mmmh, wie gemütlich ...! Wir liegen zu dritt in Papas Bett – Mama ist auf Geschäftsreise und wir dürfen bei ihm schlafen: Papa in der Mitte, mich hat er links und Leo rechts im Arm.

Vor dem Einschlafen reden wir noch über dies und das, Papa berichtet gerade, was ihm am Wochenende am besten gefallen hat: »Hätte nicht gedacht, dass ich beim Schießen was auf die Reihe kriege, das war schon erstaunlich, oder Leo?« »Na ja, am Anfang warst du gar nicht so ... aber hast du den Mann nebenan gesehen? Der hat immer gleich getroffen, gleich beim ersten Mal, und die Dame neben ihm hatte schon den ganzen Arm voll frisch geschossene Kuscheltiere ... dabei brauchen Erwachsene doch gar keine mehr, oder? Also, wenn ich so viele gehabt hätte, dann ...
dann ... dann könnte ich ...«

Ich nutze Leos Atempause, um Papa von der Bowling-Geburtstagsfeier meiner Freundin zu erzählen. »... und weißt du,

was sie geschenkt bekommen hat? Das lila Plüsch-Pony, das ich Mama auch schon gezeigt habe. Kriege ich das auch zum Geburtstag?«, bettele ich Papa an. »Bäh! So was ist doch voll hässlich!«, ruft Leo dazwischen.

Da fällt mir plötzlich was ein. Mit einem Ruck setze ich mich auf und schaue Papa an: »Was ich dich fragen wollte, Papa: Eins habe ich noch nicht kapiert: Eigentlich sind doch gar nicht alle Werbehexen fies. Die sind doch nur dann gemein, wenn sie Lügen auf die Verpackungen schreiben oder mit der verhexten 99 so tun, als wäre etwas billiger, als es eigentlich ist. Und wenn sie die Verpackungen viel größer machen, als es sein muss. Oder wenn sie überall Bilder draufhexen … Aber wenn sie ehrlich draufschreiben, was drin ist, und das Ganze hübsch verpacken, damit wir es schön finden und es Spaß macht – dann ist das doch nicht unanständig, oder?« Papa überlegt.

»Wie geht das? Wie baut man so einen Drachen, Papa? Zeigst du mir das?«, unterbricht uns Leo schon wieder. In seinem Lieblingsbuch deutet er auf einen Jungen, der einen bunten Drachen steigen lässt.

Papa setzt sich auf und schaut sich das Bild an. »Darf ich mal kurz, Leo?«, fragt er, nimmt Leo das Buch aus der Hand und blättert darin herum.

Wie, was? Was soll das jetzt? Kriege ich keine Antwort?

Endlich schaut er mich an: »Ich weiß genau, was du meinst, Hanna. Schau mal, da hinten in Leos Buch zum Beispiel, da ist eine ganze Seite voller Bilder von vielen anderen Büchern aus der gleichen Reihe. Das ist natürlich auch Werbung. Aber da steht auch klar und deutlich, dass jedes Buch 15 Euro kostet. Man sieht also genau, was man für wie viel Geld bekommt. So etwas ist natürlich in Ordnung. Der Bäcker an der Ecke darf ja auch auf seine Tafel schreiben, wenn er frische Krapfen oder leckeren Stollen gebacken hat.«

Ich nicke. »Genau! Aber ... was ist das Gegenteil von Hexe ... sind das dann Werbefeen, wenn die uns nicht austricksen, sondern uns was Gutes verkaufen wollen? Oder?« Papa schaut mich verblüfft an, lächelt und antwortet: »Ja, du hast absolut recht, Hanna!«. Ich kriege heiße Ohren ... und bin plötzlich ganz stolz.

Aber Moment! Was ist, wenn ... »Aber wenn der Bäcker sagt, dass er den Stollen selbst gebacken hat, und in Wahrheit ist er aus der Fabrik ...«, frage ich weiter. »... dann ist das voll fies!«, beendet Leo meinen Satz.

»Menno, ihr seid langweilig! Kannst du jetzt endlich vorlesen, Papa?«, unterbricht uns Leo zum ungefähr hundertsten Mal heute. Aber diesmal stört es mich eigentlich nicht. Ich bin glücklich, dass ich die Werbefeen erfunden habe. Ich zwinkere dem Kurzen zu: »Klar liest Papa vor!«

Ich höre aber gar nicht zu … ich schmiede Pläne. Morgen werde ich nämlich für uns alle einkaufen. Und dann gehe ich auf die Suche nach den Werbehexen … und Leo kommt mit. Denn zusammen sind wir die besten Werbe-Detektive der Welt!

Werdet Werbe-Detektive!

Mach dich beim nächsten Einkauf auf die Spuren der Werbehexen – und lass dich nicht verführen, wenn du das nicht willst! Auf den Verpackungen kannst du vieles entdecken. Auch die Spuren der Werbefeen sind überall zu finden: Sie vergeben eine Art Stempel – die so genannten »Gütesiegel«. Frag doch mal deine Eltern und Lehrer, was sie kaufen und warum. Die Gütesiegel findest du auf der nächsten Seite.

Hier sind ein paar Ideen für kleine und große Werbe-Detektive!

- Sucht nach Cartoons und Comics auf Käse, Wurst, Getränken, Zahncreme und im Kühlregal.
- Welche Zeichentrickfigur findet ihr am häufigsten? Zählt mal mit!
- Wie viele Produkte haben eine 9 im Preis? Oder eine 99?
- Wo hängen verführerische »Geschenke« dran?
- Welche Produkte haben eine große Verpackung, aber wenig Inhalt?
- Vergleicht Preise, Inhaltsangaben und Verpackungsgrößen! Kommt euch das alles richtig vor?
- Untersucht das Verpackungsmaterial – muss da so viel Plastik dran sein? Gibt es auch etwas Ähnliches, das weniger Müll hinterlässt?
- Schaut nach, ob es das gleiche Produkt auch unverpackt an der Theke gibt. Ist es dann vielleicht etwas günstiger?

Hallo Werbe-Detektive! Welche Ideen habt ihr noch?

Was habt ihr gefunden, was habt ihr erlebt? Was denkt ihr? Schickt uns eine E-Mail mit eurer Meinung, euren Ideen und Fragen, und gerne auch mit eurer Werbe-Detektiv-Geschichte an

detektive@werbehexen.de

Mit ein bisschen Glück findet ihr eure Geschichten und Bilder im nächsten Buch von Leo und Hanna ...!

Ich freue mich auf eure Post!

Eure Karin Burger

Auf den Spuren der Werbefeen

Hier findest du eine Liste wichtiger Gütesiegel – die Spuren der Werbefeen. Guck mal genau auf die Verpackungen der Produkte, die ihr kauft: Es ist ein gutes Zeichen, wenn du eines dieser Siegel findest. Kennen »deine« Erwachsenen alle diese Siegel? Lies genau, was sie bedeuten:

AMA Biosiegel für Österreich
Lebensmittel mit AMA-Biosiegel folgen strengeren Kriterien als den österreichischen Bio-Gesetzen. Rot-weiß heißt: Zutaten aus Österreich.
www.amainfo.at/ama-siegel/ama-biosiegel

BDIH-Prüfzeichen für kontrollierte Naturkosmetik
Dieses Logo kannst du auf z. B. auf Kosmetik finden, die nur pflanzliche und biologische Rohstoffe enthält.
www.kontrollierte-naturkosmetik.de

Bio-Siegel
Das sechseckige nationale Bio-Siegel befindet sich auf Lebensmitteln aus der ökologischen Landwirtschaft.
www.oekolandbau.de/bio-siegel

Bio-Suisse für die Schweiz
Lebensmittel mit der Knospe sind nachhaltig produziert. Sie bringen die Interessen von Mensch, Tier und Natur ins Gleichgewicht.
www.bio-suisse.ch

Bioland e.V.
Bioland ist ein führender Verband für ökologischen Landbau in Deutschland mit Landwirten, Gärtnern, Imkern und Winzern.
www.bioland.de

Demeter e.V.
Die Landwirte im ältesten Bioverband Deutschlands stellen biodynamische Lebensmittel im Einklang mit der Natur her.
www.demeter.de

EU-Bio-Logo
Das Logo findest du oft neben anderen Bio-Siegeln auf Produkten. Es unterstützt die ökologische Landwirtschaft in der Europäischen Union.
www.ec.europa.eu/agriculture/organic/index_de

EU Ecolabel
Umweltfreundlichere Putzmittel, Elektrogeräte, Textilien, Farben, aber z. B. auch Herbergen und Campingplätze bekommen dieses Siegel.
www.eu-ecolabel.de

Fair Trade
Fair Trade bedeutet fairer Handel und setzt sich dafür ein, dass Bäuerinnen und Bauern in den Anbauländern gerecht bezahlt werden.
www.fairtrade-deutschland.de

FSC
Holz-, Papierprodukte und Grillkohle mit diesem Siegel verbessern den Schutz der Wälder und schützen die Rechte der Arbeiter.
www.fsc-deutschland.de, www.fsc-schweiz.ch, www.holzforschung.at

GEPA
Das Siegel steht für fairen Handel. Du findest es auf Lebensmitteln und Produkten, z. B. Fußbällen. Die Erzeuger und Hersteller werden fair bezahlt.
www.gepa.de

Global Organic Textile Standard (GOTS)
Kleidung, die mit diesem Siegel ausgezeichnet ist, wird umweltfreundlich und sozial verträglich hergestellt.
www.global-standard.org

Österreichisches Umweltzeichen
Verschiedenste Produkte und sogar Schulen & Kindergärten erhalten das Gütesiegel vom Bundesministerium Nachhaltigkeit und Tourismus.
www.umweltzeichen.at

MSC-Siegel
Dieses Logo findest du auf Fischprodukten, die zum Schutz des Lebensraums Meer beitragen.
www.msc.org/de

Naturland e.V.
Als internationaler Verband für ökologischen Landbau setzt sich Naturland auch für fair gehandelte Lebensmittel ein.
www.naturland.de

Dank an meine Mitstreiter: An Jürgen Diessl, der die Idee 2010 als Erster erkannt und mich ermuntert hat, die Geschichten zu schreiben. An Dr. Florian Langenscheidt und seine Kinder für den Wind unter meinen Flügeln. An Michael Ehlers, der mir geholfen hat, acht Jahre dranzubleiben. Außerdem an Barbara, Tobi und Michael Rossié, Gerriet Danz, Steffi Bendixen, Kerstin Hesse, Peter Stangel, Vera de Jong und Hanna-Sophie Welker für die liebevolle Unterstützung.

Und allen voran an das unerschütterliche Werbehexen-Team: An Christine Koller und Andrea Münster für Ihren Beitrag zu Exposé und Manuskript. An die »Öko-Fee« Tina Teucher für die Recherchen zu den Gütesiegeln. An Claudia Koch für ihre einfühlsame Arbeit als Lektorin, an Ulrich Borstelmann für die Geduld mit unserem verhexten Arbeitsstil, an den unermüdlichen Gregory Zäch als Hüter des Gesamtwerkes – und an May Aurin für ihre genialen Bilder. Und … an meinen geliebten Mann Daniel.

Karin Burger, geboren 1969, sammelte in diversen Unternehmen Erfahrungen in PR, Marketing und Vertrieb. Sie war u. a. Pressesprecherin der Deutschen José Carreras Leukämie-Stiftung und ist die erste Vorsitzende des Orchesters »Die Taschenphilharmonie«. Seit 15 Jahren ist sie Inhaberin einer erfolgreichen Redner-Agentur. Sie lebt mit ihren zwei Söhnen glücklich verheiratet in einer Patchwork-Familie in München.

May Aurin, geboren 1968, wuchs in einer Künstlerfamilie auf und malt und zeichnet, seit sie den Stift halten kann. Seit 1992 ist sie als selbstständige Designerin für Werbeagenturen, Filmproduktionen und Verlage tätig. Zu ihren Kunden zählen kleine und große Unternehmen und sie war an zahlreichen Buchproduktionen beteiligt. Mit den Tricks und Methoden der Werbung ist sie bestens vertraut. Sie lebt mit ihren beiden Kindern in Hamburg.